Le quatrième petit cochon

AGNÈS DE LESTRADE

ILLUSTRATIONS
DE LAURE DU FAŸ

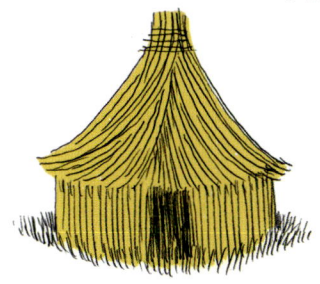

2

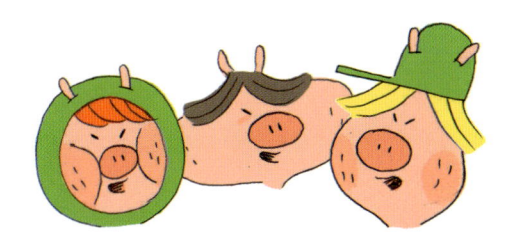

Chapitre 1

Vous connaissez l'histoire des trois petits cochons ? Eh bien, figurez-vous que les trois petits cochons avaient un frère !

Si, si ! Le quatrième petit cochon, dernier-né de la fratrie, se prénommait Rikiki. Rikiki n'était pas bien grand, pas bien dégourdi. Il passait ses journées entières dans les jupes de sa mère.

Parfois, Rikiki sortait son pouce
de sa bouche pour demander
à ses frères :

– Ze peux zouer
avec vous ?

Et les trois petits
cochons éclataient
de rire :

– Tu es trop petit !

– Tu es trop peureux !

– Tu es trop maladroit !

Car, oui, c'était vrai : le quatrième
petit cochon était tout ça à la fois.

Alors, quand ses frères se moquaient de lui…

… que sa mère cuisinait ses radis…

… Rikiki se réfugiait sous son lit.
Il prenait ses peintures, ses pinceaux et se dessinait en Rikiki-Super-Héros.

8

Chapitre 2

Un matin, les trois petits cochons firent leur balluchon, embrassèrent leur mère, leur frère et déclarèrent :
– Maintenant, nous sommes assez grands pour quitter la maison.

Rikiki pleura, supplia :

– S'il vous plaît, emmenez-moi !

Mais les trois petits cochons couraient déjà sur le sentier.

Ni une ni deux,
Rikiki se précipita
dans sa chambre.
Il prit ses peintures,
ses pinceaux.

Et, dès que sa maman
eut le dos tourné, il rejoignit
à son tour
le sentier.

Tout léger, tout petit, Rikiki
ne faisait pas de bruit.
Il suivait ses frères en silence.

Bientôt, les trois petits cochons
s'arrêtèrent dans une clairière.

Le premier petit cochon dit :
– Je vais construire une maison en paille !

Le deuxième répliqua :
– Moi, une maison en bois !

Et le troisième ajouta :
– Moi, une maison en brique !

Rikiki, quant à lui, choisit un arbre
au très large tronc. Pendant
que ses frères coupaient, sciaient,
clouaient, il peignit une maison.
Avec une grande porte, de grandes
fenêtres et de belles fleurs.

Puis il grimpa tout en haut de l'arbre.

Soudain, Rikiki vit une ombre. Une ombre qui s'approchait… C'était celle du grand méchant loup !

16

Chapitre 3

Le grand méchant loup marchait d'un pas décidé en direction des maisons fraîchement bâties par les trois frères. Alors Rikiki se mit à crier :
– Hého ! Ze suis là !

Aussitôt, le loup se retourna et aperçut la maison du quatrième petit cochon…

– Hahaha ! Ma parole, ça sent le petit cochon, les lardons et le saucisson ! Je vais souffler, souffler et, par la barbichette de ma grand-mère, je vais te dévorer !

19

Le loup souffla,
souffla…
Mais rien
ne bougea.

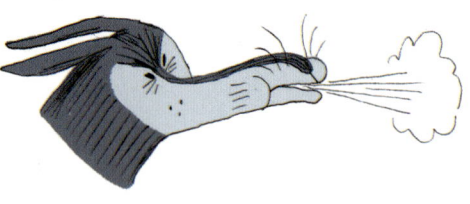

– Par la barbichette
de mon grand-père,
je vais défoncer
la porte !

Le loup prit son élan. Il courut vite,
très vite…

… et se jeta sur la porte peinte
du quatrième petit cochon.

Baoummm !

Dans toute la forêt
retentit un énorme bruit.

– Aouillle !
Ma têteeeeeeuh !

Le loup chancela, tituba,
et s'écroula sur le sol.

À ce moment, Rikiki entendit
des applaudissements.
Ses frères sautillaient en clamant :
– Bravo, Rikiki, tu es le
meilleur ! Le plus courageux !
Le plus malin ! Et le plus grand !
Car c'était vrai : en un instant,
Rikiki était devenu tout ça à la fois.

Depuis ce jour, Rikiki est un peintre
reconnu dans de nombreux pays.
On s'arrache ses tableaux de maisons,
de radis. Mais ceux qui
remportent le plus de
succès, ce sont ceux du
grand méchant loup…
tout écrabouillé !

Fin

23

© 2013 Éditions Milan
300, rue Léon-Joulin, 31101 Toulouse Cedex 9 – France
www.editionsmilan.com
Loi 49.956 du 16.07.1949 sur les publications destinées à la jeunesse.
Dépôt légal : 1er trimestre 2013
ISBN : 978-2-7459-5592-0
Imprimé en France par Pollina - L62460A

Retrouvez chaque mois
d'autres récits dans
J'apprends à lire.